D1190420

Nous remercions la SODEC
et le Conseil des Arts du Canada
de l'aide accordée à notre programme de publication
ainsi que le gouvernement du Québec
– Programme de crédit d'impôt
pour l'édition de livres
– Gestion SODEC.

 Patrimoine   Canadian
canadien   Heritage

 Conseil des Arts   Canada Council
du Canada   for the Arts

Nous reconnaissons l'aide financière
du gouvernement du Canada
par l'entremise du Fonds du livre du Canada
pour nos activités d'édition.

Illustration de la couverture :
Anne-Marie Bourgeois

Maquette et montage de la couverture :
Grafikar

Édition électronique :
Infographie DN

Membre de l'Association nationale des éditeurs de livres   ASSOCIATION NATIONALE DES ÉDITEURS DE LIVRES

Dépôt légal : 2e trimestre 2013
Bibliothèque et archives Canada
Bibliothèque nationale du Québec

234567890 IM 0987654

Rouge banane

**Catalogage avant publication
de Bibliothèque et Archives nationales du Québec
et Bibliothèque et Archives Canada**

L.-Milot, Marie-Frédérique

    Rouge banane

    (Collection Sésame ; 134.)
    Pour enfants de 6 à 9 ans.

    ISBN 978-2-89633-228-1

    I. Bourgeois, Anne-Marie, 1983- . II. Titre
    III. Collection : Collection Sésame ; 134.

PS8623.A245R68 2013   jC843'.6   C2012-942783-7
PS9623.A245R68 2013

MARIE-FRÉDÉRIQUE LABERGE-MILOT

Rouge
banane

roman

ÉDITIONS
PIERRE TISSEYRE
www.tisseyre.ca

155, rue Maurice
Rosemère (Québec) J7A 2S8
Téléphone : 514-335-0777 – Télécopieur : 514-335-6723
Courriel : info@edtisseyre.ca

Pour Édouard

1

Ma vie en noir et blanc

Ma couleur préférée, c'est le noir. Mon vélo est noir, mes souliers sont noirs, presque tous mes chandails sont noirs. Mes parents trouvent que j'exagère un peu. Des fois, ils disent que mes idées vont finir par être noires comme le reste. Mais ils doivent bien admettre que les vêtements noirs, c'est pratique pour les taches. On les voit beaucoup moins. Surtout dans le noir. Rien ne bat cette couleur-là! C'est la plus forte. Et moi, j'adore les records.

Je laisse aux autres les couleurs ordinaires. Ça tombe bien, je ne les vois même pas. Pas comme tout le monde en tout cas. Mes parents ont découvert ça quand j'étais petit, à la garderie. Eh oui! Même si je suis grand et fort dans mes chandails noirs, j'ai déjà été un bébé. Un bébé qui apprenait tout en super vitesse. Presque un bébé record. Sauf pour les couleurs.

— De quelle couleur, la toto à bébé Fred? demandait maman.

— De quelle couleur, le pinpin à Fredou? demandait papa.

— Allez, Fredoudlidou, elle est **ROUGE** ou jaune, la toto **ROUGE**?

insistait maman en me donnant de gros indices.

Moi, je savais très bien que « toto » voulait dire « auto » et que « pinpin » signifiait « lapin » en langage d'adulte-qui-parle-en-bébé, mais je ne comprenais pas pourquoi mes parents voulaient absolument donner d'autres noms aux objets, comme « jaune » ou « vert » ! Alors je répondais au hasard et, de temps en temps, je tombais sur la bonne réponse (grâce à de gros indices).

À quatre ans et quart, je connaissais tous les continents du globe terrestre, mais je ne faisais toujours pas la différence entre le bleu de la mer et le vert de la terre. C'est là que mes parents m'ont emmené chez l'optométriste et qu'ils ont appris que mes yeux ne peuvent pas distinguer les couleurs malgré tous mes efforts. Ça s'appelle être daltonien. La plupart des daltoniens ont des problèmes avec quelques couleurs seulement. Ils mélangent le vert et le brun, par exemple. Mais moi, je suis un daltonien record : je mélange toutes les couleurs parce que je n'en vois aucune. En fait, je ne reconnais que le blanc et le noir. Tout le reste, c'est du gris pour moi. J'étais bien content que l'optométriste explique ça à mes parents et qu'il leur dise que mes yeux ne s'amélioreraient pas, même avec des lunettes 3D ou 12D. Enfin, ils allaient arrêter de m'embêter avec les satanées couleurs ! Puis, comble de chance, en sortant du bureau de l'optométriste, la secrétaire m'a présenté un beau gros panier rempli de suçons :

— Quelle saveur tu préfères ? Lime ? Orange ? Raisin ?

J'ai répondu : «Raisin !» sur un ton joyeux, mais la secrétaire attendait que je me serve et il n'y avait aucun dessin de fruits sur les suçons. Alors, mon père a pris un suçon gris foncé qu'il m'a donné avec un petit sourire triste. J'ai compris qu'il y avait une couleur pour chaque saveur. Et j'ai commencé à douter que ma vie avec des yeux différents serait facile.

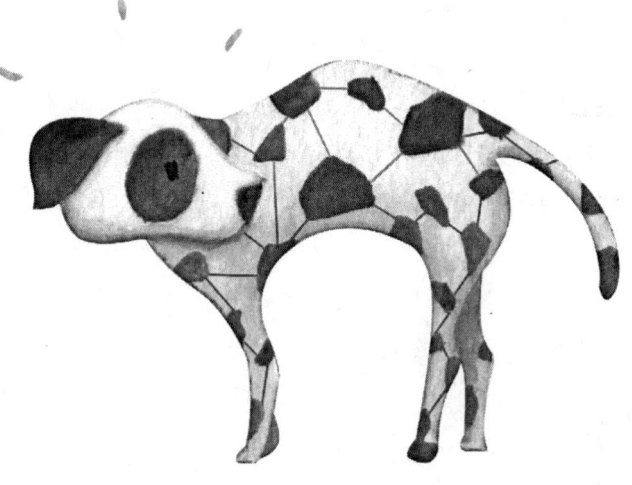

2

Un pour brun, deux pour bleu...

Tant que j'ai été petit, je n'ai pas eu trop de problèmes. J'ai eu le choix des passe-temps en noir et blanc : le soccer, les dominos, les point à point, les jeux avec mon chien dalmatien... J'ai même essayé un point à point SUR mon chien, mais mes parents n'ont pas apprécié l'idée. De toute façon, Tache préfère les promenades et les chasses au nonosse (en langage d'humain-qui-parle-en-chien). Il me suit partout et il bat des records de popularité avec ses « trizilliards » de picots. En vérité, il en a soixante-treize. Je le sais depuis l'histoire du point à point. Bref, on s'entend vraiment bien tous les deux. Il faut dire que les chiens voient en noir et blanc eux aussi. C'est peut-être pour ça qu'on ne les envoie pas à l'école…

Ma première journée à la maternelle a été un cauchemar record. Pour commencer, le professeur nous a demandé d'écrire nos noms en rouge sur un carton. J'ai regardé tous mes crayons. Lequel était le bon ? Les autres enfants se sont mis à la tâche avec ce qui était du gris moyen à mes yeux. J'ai donc pris un crayon gris – le plus moyen possible – et je me suis appliqué à tracer les lettres de mon prénom. L'enseignant a circulé un peu dans la classe et s'est arrêté près de moi :

— Très belles lettres, Frédéric. Bravo !

J'ai souri, soulagé. Puis une élève m'a regardé en lançant :

— Mais pourquoi tu as écrit en rose ? Tu ne connais pas tes couleurs ?

— En plus, rose, c'est une couleur de fille ! a ajouté un garçon.

Toute la classe s'est mise à rire. Comme si ce n'était pas assez, un petit malin m'a montré du doigt :

— Ha, ha ! Il est rouge comme une tomate !

Je déteste les tomates. Je suis sûr que le rouge bat tous les records de couleur laide. Et le rose doit venir juste après. Une couleur de fille… je ne savais même pas que ça existait!

L'enseignant a exigé le silence et m'a donné un crayon rouge pour que je repasse par-dessus mes lettres roses. Mes yeux piquaient. Je pense que les yeux des daltoniens sont plus sensibles. J'ai failli crier: «Ce n'est pas ma faute, je suis un daltonien record!» Mais j'ai eu peur que les autres me trouvent encore plus ridicule ou bizarre, alors j'ai gardé ça secret.

Ce soir-là, avec ma mère, j'ai inventé un code pour éviter de me retrouver dans ce genre de situation. Comme je suis bon avec les chiffres et que j'ai une mémoire d'éléphant géant, on a choisi un numéro pour chaque couleur. Un pour brun, deux pour bleu (ça rime), trois pour jaune (ça ne peut pas toujours rimer), quatre pour vert, etc. Ensuite, ma mère a écrit un tout petit chiffre sur chacun de mes objets. Un cahier bleu? Numéro deux! Des ciseaux rouges? Numéro douze! Une casquette orange? Un mini mini sept sur l'étiquette, pour ne pas me transformer en sudoku sur pattes, avec des chiffres de la tête aux pieds! Au moins, mes vêtements noirs n'ont pas eu besoin d'être chiffrés… Une autre bonne raison de les collectionner!

Le code secret a super bien fonctionné. Tellement que je l'ai utilisé pendant une, deux, trois années sans que personne ne soupçonne quoi que ce soit à l'école. Mais il fallait bien que ça se gâte un jour ou l'autre. J'aurais préféré

l'autre, mais c'est arrivé ce jour-
là. Le jour où un curieux record
s'en est mêlé.

3

Alerte rouge!

Ça s'est passé juste après la
rentrée. Notre professeur a placé
tout le monde en équipe de deux.
Je me suis retrouvé avec le nouveau, Sam, un drôle de garçon
avec des yeux ronds. Trois milli-
secondes après avoir collé nos
pupitres, il a donné une grosse
tape sur mon étui à crayons. Je l'ai
dévisagé en me demandant quelle

mouche l'avait piqué. Mais c'est lui qui a parlé de mouche le premier :

— Tu vas voir, avec moi à tes côtés, les mouches ne risquent pas de t'achaler ! J'en ai *écrapouti* quatre-vingt-neuf rien que cet été !

Je me suis demandé s'il existait un record de mouches *écrapouties*. Je ne voyais même pas celle qu'il prétendait avoir écrasée, mais je n'ai rien dit parce qu'il semblait fier de son coup. Deux minutes et quart plus tard, il a remis ça en donnant un coup sec sur mon cahier ! Cette fois, je l'ai regardé de travers :

— Qu'est-ce qui te prend d'attaquer mes affaires ? À part ça, c'est facile d'éliminer des mouches imaginaires !

Il a haussé les sourcils et ses yeux ronds se sont transformés

en double point d'interrogation. Puis il a baissé le menton tout près de mon cahier :

— Oups ! Désolé. C'est à cause du petit cinq, dans le coin en bas. On dirait une mouche. Pourquoi tu as écrit ce numéro-là ?

— Euh… Parce que c'est un cahier de maths !

J'ai fait un sourire vraiment pas souriant en espérant qu'il change de sujet. Malheureusement, il a tout de suite collé son nez sur le numéro quatre de mon étui à crayons. Il a reconnu son autre supposée mouche. J'ai alors inventé une explication :

— J'aime les chiffres en général, j'en mets partout…

Comme pour vérifier la chose, il s'est mis à inspecter toutes mes affaires. Moi, j'ai angoissé en silence. Qu'allait-il penser de mes crayons-feutres multicolores *multinumérotés* ? En les découvrant, allait-il deviner mon secret ? J'ai dû agir vite. Alors, pendant que Sam examinait les pattes de mouches (numéro trois) sur mes ciseaux, j'ai sorti en douce mes crayons-feutres de mon pupitre et je les ai glissés sous mon chandail. Cela fait, j'ai levé la main pour aller au petit coin. Une fois dans le corridor, j'ai caché les crayons dans une poche de mon manteau,

dans mon casier, avant d'aller aux toilettes parce que tout ça venait de me donner envie pour de vrai.

Je suis revenu en classe à l'heure des arts plastiques. On nous a demandé de colorier un dessin de panier de fruits avec nos crayons-feutres. Problème record. En voyant que je n'avais pas mes crayons, Sam m'a offert d'utiliser les siens. J'ai réfléchi en super vitesse. Il n'y avait qu'une solution : bien l'observer et colorier chaque fruit avec le même crayon que lui. C'était facile parce qu'il était méga concentré avec son nez à deux millimètres de sa feuille. Comme lui, j'ai colorié les raisins gris pâle, la poire gris moyen, la banane gris foncé… Alors que je mettais la dernière touche à mon dessin, les jumeaux Lebrun sont passés près de moi.

— Première fois que je vois une banane rouge! a dit la copie numéro un.

— Première fois que je vois une orange bleue! a ajouté le double qui se pensait original.

Ils ont ri en s'éloignant. Je me suis tourné vers Sam qui a haussé les épaules :

— Les bananes sont toujours jaunes. Rouge, ça fait différent, a-t-il dit.

Là, c'est moi qui ai eu les yeux en points d'interrogation. Sam avait-il compris mon code de daltonien? Essayait-il de me donner une leçon anticopiage en s'arrangeant pour me faire utiliser les mauvaises couleurs? Chose certaine, je pouvais soupçonner mon voisin aux yeux ronds d'être un vrai espion. J'allais devoir me méfier!

4

Sam dévoile
ses vraies couleurs

Un matin, toute la classe est partie en autobus cueillir des pommes. J'étais super excité. Je n'étais jamais allé dans un verger. J'adore les feuilles d'automne qui sentent l'Halloween et qui craquent comme des frissons sous les pieds. J'adore les pommes qui sont juste assez sucrées pour chatouiller mes papilles et celles de Tache qui fait toujours des singeries de chien pour que je lui donne les cœurs à croquer. J'étais déterminé à faire entrer un nombre record de fruits dans le seau que la dame du verger m'avait remis. Jusqu'à ce qu'elle adresse un dernier conseil à tout le monde :

— Pour reconnaître les pommes mûres, c'est facile, prenez les rouges !

Avec des yeux comme les miens : facile mon œil ! Tout à coup, cette expédition sentait beaucoup moins bon. Évidemment, Sam l'espion s'est mis à me suivre alors que je me dirigeais vers les pommiers avec mon seau à la main et mon nouveau problème dans la tête. Impossible de penser à une stratégie, car Sam n'a pas arrêté de parler, ne serait-ce qu'une micro-seconde! Une fois au milieu du verger, il a choisi ses premières pommes en blablatant:

— Je trouve meilleures celles sur les branches basses. Puis tout le monde monte sur un escabeau, ça fait différent de rester à terre!

Ça m'a donné une idée. Je me suis mis à cueillir des pommes grises au hasard en expliquant:

— Moi aussi, j'aime ça faire différent. Manger rien que des pommes mûres, bof, ce n'est pas très varié!

Sam m'a fixé avec des yeux encore plus ronds que d'habitude, la face en grimace.

— Comment tu fais pour manger des pommes encore vertes? a-t-il demandé en s'approchant pour inspecter minutieusement celle que j'avais dans les mains.

— Comme ça!

L'air de rien, j'ai croqué dans le fruit qui avait un record de mauvais goût suret. Ça n'a pas chatouillé mes papilles : ça m'a plutôt crampé les mâchoires jusqu'au toupet! À la deuxième bouchée, j'ai eu les larmes aux yeux, mais Sam n'a rien remarqué. Trop curieux, comme toujours, il m'a pris la pomme des mains pour y goûter… et il a aussitôt recraché le morceau.

— ARK! POUACHE! Il faut vraiment être bizarre pour aimer ça!

— Qu'est-ce que tu veux dire par là?

— Rien. Que tu es bizarre, c'est tout. Avec tes petits numéros qui te suivent partout…

— C'est toi le drôle de numéro qui me suit partout! Je commence à en avoir assez que tu

m'espionnes, Sam... (c'était quoi
son nom de famille déjà?) Sam...
énerve, bon!

Sam a cligné des yeux, puis il
s'est éloigné sans un mot. Je me
suis senti mal. Je n'avais pas voulu
me fâcher. Sam n'est pas méchant,
juste un peu collant. J'ai hésité à
m'excuser, car j'ai cru qu'il revien-
drait naturellement me parler.
Mais non, il a marché d'un pas

décidé vers une pancarte indiquant : «ATTENTION AU FOSSÉ».
Il ne s'est pas arrêté pour autant et je l'ai vu disparaître d'un coup ! Je me suis précipité vers lui. Couché sur le dos au fond du fossé, Sam regardait partout autour de lui avec ses grands yeux écarquillés.

— Ça va, Sam ? Tu n'as pas vu la pancarte ?

— Euh... (il a eu l'air embêté). Est-ce qu'elle était jaune, par hasard ?

— Euh... (à mon tour d'être embêté). Je n'ai pas remarqué. Mais c'était écrit de faire attention au fossé. Donne-moi la main, je vais t'aider à remonter !

Sam a plissé les yeux en essayant d'attraper ma main et il a attrapé le vide. J'ai pensé qu'il devait être vraiment sonné ! Après

une nouvelle tentative ratée, il s'est mis à renifler.

— Je suis tellement, tellement trop tanné! a-t-il bredouillé d'une voix étranglée.

Je l'ai trouvé bébé record de pleurer pour une petite chute. Mais comme il semblait inconsolable, je l'ai rejoint prudemment dans son fossé. C'est là qu'il m'a tout déballé. Il n'avait pas vu l'avertissement sur la pancarte à cause de ses yeux. Car Sam est myope sévère, en langage d'optométriste-qui-parle-aux-parents. Dans la vraie vie, ça signifie qu'il ne voit vraiment pas bien de loin. Ni même d'un peu loin, comme ma main tendue dans le fossé. Il ne distingue que des formes floues et des couleurs : le jaune de la pancarte, le rouge des pommes, le noir de mes petits numéros qu'il avait pris pour des mouches… À moins d'avoir le nez collé sur les choses, tout est embrouillé pour lui.

— Et l'optométriste t'a donné un suçon comme prix de consolation ?

— Non, des lunettes pour corriger ma vision.

— Alors, pourquoi tu ne les portes pas ?

— Je les porte chez moi. À l'école, devant les autres, je ne peux pas.

Sam a sorti de son sac à dos un étui à lunettes qu'il a ouvert avec une expression de fin du monde. J'ai vu une monture grise bien ordinaire sans comprendre le drame. Comme maman, il m'a donné un gros indice :

— Elles sont ROSES !

— Ah. La couleur de fille… Si ça peut te rassurer, je ne la vois pas.

Et je lui ai raconté ma propre visite chez l'optométriste. On s'est demandé ce qui était le pire : une vue sans couleurs ou des lunettes roses ? On n'a pas résolu la question, mais on s'est sentis un peu plus légers quand on est sortis ensemble du fossé.

J'ai promis à Sam de garder le secret de ses lunettes de fille, à condition qu'il ne dise rien de mon secret de daltonien.

5

Les jumeaux rient jaune

Après l'épisode des pommes, Sam et moi sommes devenus complices. Sam venait à ma rescousse dès que j'en voyais de toutes les couleurs avec mes gris. Son père est dessinateur, alors les arts plastiques n'ont pas de secret pour lui! Il m'a appris que rien n'oblige à colorier le ciel en bleu seulement parce qu'il est bleu dans la réalité. D'où la banane rouge et les oranges bleues qui avaient fait rire les jumeaux Lebrun. Selon Sam, on peut s'amuser avec les couleurs, les mélanger pour faire différent. Sauf le rose avec lequel on ne rigole pas, évidemment.

De mon côté, comme je suis un spécialiste des pattes de mouches et autres mini détails, j'aidais Sam à voir plus loin que le bout de son nez alors que ses lunettes demeuraient bien cachées. Je lui soufflais ce qui était écrit au tableau et un peu partout. C'est peut-être parce qu'ils ne sont pas éblouis par les couleurs que mes yeux remarquent tout! Il y avait quand même certaines situations plus difficiles à gérer. N'importe quel jeu avec un ballon représentait pour Sam un dur moment à passer. Une forme floue, même si elle est colorée, ce n'est pas évident à attraper et encore moins à lancer à des coéquipiers tout embrouillés! Malheureusement, je ne pouvais pas toujours être à côté de Sam pour le guider.

On a donc fini par prendre l'habitude, après l'école, d'aller jouer au parc à chiens avec Tache. Sam pouvait alors mettre ses lunettes: on ne croisait que des adultes qui ne se souciaient pas de le voir porter du rose. D'ailleurs, c'est sa mère qui avait choisi ces lunettes-là parce que l'optométriste lui avait affirmé qu'elles étaient d'un beau gris galaxie, **LA** couleur dernier cri. Sam, lui, jure toujours qu'elles sont aussi roses qu'une barrette de fille. Sa mère est peut-être daltonienne comme moi? On se posait sérieusement la question, un jour où on jouait aux chevaliers avec des branches-épées, quand on a entendu deux voix… ou plutôt la même voix en stéréo.

— Un daltonien avec un chien dalmatien, ça c'est la meilleure!

— Non, la meilleure, c'est un chevalier avec des lunettes de princesse!

Les jumeaux Lebrun étaient plantés juste là, derrière nous, et avaient tout entendu. Chacun avait à ses pieds un chien basset identique à l'autre. Nos deux secrets étaient découverts par leurs quatre nez fouineurs. On était cuits. Sam a enlevé ses lunettes, comme pour embrouiller ce que les jumeaux avaient déjà vu…

— Attends qu'on raconte ça à l'école! a rigolé Lebrun premier.

— Tout le monde va mourir de rire! a complété Lebrun second.

Il fallait trouver une solution en super vitesse. J'ai regardé Sam pour qu'il m'aide, mais il était aussi figé que la statue autour de laquelle Tache et les bassets s'amusaient à courir ensemble. À cet instant, j'aurais voulu être un chien pour ne pas avoir de problèmes de rose de fille, de code de couleurs et de Lebrun ton sur ton.

Puis, je me suis rendu compte que mes yeux différents étaient peut-être la solution, justement. J'ai pris les lunettes de Sam et je me suis avancé vers les jumeaux avec un grand sourire.

— Désolé, mais il faut que je vous apprenne quelque chose. Ça, c'est du gris galaxie, pas du rose! Mais bon, comme il faut des yeux spéciaux pour faire la différence…

Le premier jumeau a ricané et son fidèle écho a résonné. Alors, je leur ai montré le nom de la couleur «gris galaxie» transcrit en tout petit à l'intérieur des branches de la fameuse monture. La preuve que je n'inventais rien!

Ensuite, j'ai affirmé avec un maximum de mots savants que les daltoniens records et les chiens étaient les seuls à pouvoir distinguer TOUTES les teintes de gris. J'ai ajouté une mini menterie au sujet d'un extrait de météorite qui avait servi à fabriquer les lunettes galactiques de Sam. Ils ont échangé un regard méfiant avant de dire à l'unisson :

—Un extrait de météorite! Voyons donc!

Alors, je leur ai demandé s'ils avaient remarqué la poussière de volcan dans le trottoir, les cristaux de stalactite dans la fontaine du parc, la minuscule trace d'Étoile polaire dans le ciel... Et là, je ne mentais même pas : en me concentrant, je voyais tous ces gris-là! Les jumeaux, eux, ont fini par admettre qu'ils ne distinguaient

rien d'autre que des couleurs ordinaires, comme pour les lunettes de Sam. Je crois qu'ils se trouvaient doublement malchanceux de ne pas avoir sa monture du futur et mes yeux grand ouverts sur les trésors de l'Univers!

Quelques minutes plus tard, les frères Lebrun sont repartis en regardant à terre, la mine presque aussi basse que leurs chiens qui trottinaient en chœur. Je ne sais pas si Sam a pensé la même chose que moi puisqu'on n'est pas des jumeaux, mais je me suis dit qu'on formait le plus fort des duos.

6

Multicolore record

À l'école, les jumeaux Lebrun
n'ont pas dit un mot. De toute
façon, Sam et moi avons tout
raconté à propos des gris spéciaux
et des lunettes-interplanétaires-
à-la-mode-dernier-cri. Avec ses

yeux ronds encerclés comme des cibles, Sam peut dorénavant viser dans le mille avec les ballons. Et moi, je n'ai plus besoin d'astuces chaque fois qu'il est question de couleur. Au contraire. En tant qu'expert daltonien, je me fais maintenant demander :

— De quel gris il est, Fred, mon manteau ?

— Est-ce que l'auto de mon père est gris titane ou gris lunaire ?

Et je réponds en nommant toutes les nuances du gris.

Avant, je redoutais les cours d'arts plastiques et les coloriages étaient mes pires ennemis. Maintenant, je songe à devenir dessinateur comme le père de Sam. Ce serait un métier spécial record pour un daltonien ! Non seulement je serais le plus fort avec les illustrations en noir et blanc, mais je pourrais aussi dessiner… des super livres à colorier ! Je tracerais des contours noirs avec des trizillions de détails. Les jumeaux Lebrun pourraient colorier leurs oranges en orange. Sam, équipé de ses célèbres lunettes, pourrait inventer les plus belles bananes rouges de la galaxie. Et moi, je voyagerais du noir au blanc en déclinant le gris à l'infini.

Sans farce, il paraît que le blanc est une couleur record parce

qu'elle contient toutes les couleurs du monde. Je pense que je vais changer ma teinte préférée. Même si le blanc, c'est plus salissant. Des petites taches ici et là, c'est quand même mieux que du noir record partout tout le temps. Et puis surtout, ça fait différent!

Table des matières

Marie-Frédérique Laberge-Milot

Marie-Frédérique Laberge-Milot est née en 1974 à Sherbrooke et vit à Montréal. Après des études universitaires, elle se tourne vers l'écriture télévisuelle. En plus de collaborer aux versions québécoise et française de la série humoristique *Un gars, une fille*, elle signe de nombreux scénarios destinés aux jeunes (*Ramdam, Kaboum, Macaroni tout garni, Réal-TV, Kif-Kif, Tactik, Les Argonautes*). Son travail est récompensé par deux prix Gémeaux en 2000 et 2002, et par deux nominations (prix Gémeaux, prix d'excellence de l'Alliance pour l'enfant et la télévision) en 2008. Avec *Rouge banane,* elle explore de nouveaux horizons littéraires et publie son premier roman jeunesse pour son public de prédilection et sa plus grande source d'inspiration : les enfants.

Collection Sésame